証　拠

Toshimi Aratsu

荒津利美

文芸社

出演

旅に出た
誰かの日常の中の
エキストラとなる

限りあるが故

果てしなく続いていると
錯覚する海にも
波打ち際は　きちんとあって
その端を　いま
手にしているという安心がある

誤魔化し

ほんとのことが知りたいと
思いながら
どこか
それを　避けているような
今日　この頃

無敵

欲しいモノは
すべて手に入れたあたしにとって
足りないのは　あなたの愛

得たものを
すべてすてたとしても
欲しいものは　あなたの愛

あなたの愛を
手に入れたあたしにとって

恐いモノは　なにもない

運命

あなたと出会えたのは
奇跡というべきか
偶然というべきか
よくわからないけれど
なんだか
運命に思える

これからも
あたしの人生は
奇跡と偶然の

運命

その後映るモノ

なみだを　ながしたあとは
きれいな　め　をしよう

在り処

見えない自由は
自分の意志の中にある

葛藤

自分とたたかうことのできるひとが
ほんとの勇者だと思います

無知の幸

戦争や
汚れたことが
この世に　全くなかったら
きっと
「今　平和だな」って
だれも思わない、と思う

不死身

あたしは
何回も　生まれ変わってる
だって
一生のお願いを
もう　何回も　つかっちゃったもの

幸福論

誰かと比べて
あれより　幸せだとか
まだ　ましだと
安心してしまう

誰とも比べずに
幸せだと思うためには
オリジナルの幸せの基準を
自分の中に作ること

幸福論2

やっぱり
誰かとくらべて
あれより　幸せだとか
まだ　ましだと
安心してしまう

良いことでは　なさそうだけど
悪いことでもないかもしれない

誰かと比べて

羨んだり
妬んだりするより
数百倍　幸せに　向かっている

脳　know

私は
「あたし」の中のすべてを知っている
心臓のありかも
肝臓のありかも
胃の仕組みも
それぞれの働きも
「あたし」という身体を動かす秘密まで
私はすべてを知っている

心臓よりも速く回転し

胃よりも速く物事を消化する
なにより私は考えることができる

だから
私は
「あたし」の中の先導員である
私が命令すれば
ほとんどがそのとおりに動く

しかし
そんな私にも
悲しいことがある
「あたし」という小さな世界のなかの

すべてが
私を知らないことである

私が心臓を知っても
心臓は私を知ってはくれない
私が胃を心配しても
胃は私の悩みを助けてはくれない
私が「あたし」のすべてを知っても
そのすべては
私を知ってはくれない

だから　私は
手に命じて　文字を書かせ

口に命じて　言葉を発し
足に命じて　行動を起こす

「あたし」のすべてを私は使って
小さな私の
大きな存在を

他の脳《ひと》に
知らせたいのである

壁の向こうが見えますか

春のかけらが
風にゆれて
街のシグナルが青になる
隣も後もなく
ただ漠然と歩く人
人ごみが寄せて
しだいに引いて行く
街が平穏になる代わりに
四角い社会が戦場になる

あなたは壁の向こうがみえますか

まるで映画で見たような
六センチのハイヒールに社会がみえる
横断歩道の蜘蛛の巣を
あやとりのように
遊ぶ人
靴先ほどの海があってはならない世界
鉛筆の長さなんかでは
いけない煙突も黒く煙りを吐いている

あなたは壁の向こうを見たいのですか

高いビルの屋上に
多くの星が灯るころ
あなたの心は何処ですか
戦場から抜け出た
敗者のように
帰る電車の中でも
傷を隠して
何事もなかったかのように
笑うのですか

あなたの壁の向こうは何ですか

ざくざくと自分の気持ちを

少し砕いて
午前三時の電話を取りませんか
ヒールのない靴を履いてみませんか
風の匂いを感じてみませんか
寒空に豆電球でも点してみませんか
全てじゃなくていい
自分の中で信じた
固い社会を少しだけ
壊してみませんか

壁の向こうが見えますか?

あなたの予想を裏切った

靴先ほどの広い海

途中

いつ死んでもいい状態になんか
なれない
いつでも　何かに
向かっている途中だから
これからも　ずっと

タバコ

煙草みたいに
炎をあげずに　燃えるモノもある
それは
おだやかな愛にも
密かな闘志にも
似ている気がする

罰

短くして
その命を終える人も多い
もし　それを
神様が決めているのなら
もしかして
生きていることの方が
罰なの？

光の波長

たとえば
赤は
赤以外の色の波長を吸収していて
赤く見えてる
あたしは　何をどれだけ吸収していて
何色に見えてる？

レシピ

なつかしい　においのする時がある
空気中の
いろんな　ニオイの割合が
記憶の中のそれと
うまく一致する　瞬間

難問

あなたは　最期まで　笑っていられる？

恐縮ですが
切手を貼っ
てお出しく
ださい

112-0004

東京都文京区
後楽2－23－12
(株) 文芸社
ご愛読者カード係行

書　名				
お買上 書店名	都道 府県　　市区 郡　　書店			
ふりがな お名前		明治 大正 昭和　年生　歳		
ふりがな ご住所	□□□-□□□□		性別 男・女	
お電話 番　号	（ブックサービスの際、必要）	ご職業		

お買い求めの動機
1. 書店店頭で見て　2. 小社の目録を見て　3. 人にすすめられて
4. 新聞広告、雑誌記事、書評を見て（新聞、雑誌名　）

上の質問に 1. と答えられた方の直接的な動機
1. タイトルにひかれた　2. 著者　3. 目次　4. カバーデザイン　5. 帯　6. その他

ご講読新聞　新聞	ご講読雑誌

文芸社の本をお買い求めいただきありがとうございます。
この愛読者カードは今後の小社出版の企画およびイベント等の資料として役立たせていただきます。

本書についてのご意見、ご感想をお聞かせ下さい。 ① 内容について
② カバー、タイトル、編集について
今後、出版する上でとりあげてほしいテーマを挙げて下さい。
最近読んでおもしろかった本をお聞かせ下さい。
お客様の研究成果やお考えを出版してみたいというお気持ちはありますか。 ある　　ない　　内容・テーマ（　　　　　　）
「ある」場合、小社の担当者から出版のご案内が必要ですか。 希望する　　希望しない

ご協力ありがとうございました。

〈ブックサービスのご案内〉

小社では、書籍の直接販売を料金着払いの宅急便サービスにて承っております。ご購入希望がございましたら下の欄に書名と冊数をお書きの上ご返送下さい。(送料1回380円)

ご注文書名	冊数	ご注文書名	冊数
	冊		冊
	冊		冊

沈黙秘話

人は言う
今を生きていると
自分の手で
今を作っていると

あたしもそう言う

けれど
ほんとに運命というものがあるのなら
人はそれに逆らっては

生きられない

はてしなく悪意的で
また善意的でもある
実に巧妙な偶然と偶然のつながりは
あたし達を　おどろかせ　よろこばせ
人を殺し　救い
モノを始まらせ　終わらせる

あたしは周りのあらゆるモノに
生かされていると
そんな気がしてならない
すべてがそれによって生まれ

そして　あたしも

しかし　人はそれに気づかない
気づかないのが
幸せかもしれない

そして
人は言う
今を生きていると
自分の手で　明日を作るのだと
胸を張って　そう言う

鑑定

モノの価値が
希少なものほど高いとすれば
あたし自身は最高に
価値がある

裏付け

あたしが生み出す
すべてのモノが
あたしが生きてる　証拠品

シンプル・イズ・ベスト

複雑な造りは
その世界を限定する

たとえば　モノでも人の関係でも
そして
言葉でも

血族

やはり言葉にしなければ
血で
思いは通じない

手立て

自分に似合うモノを
見つけたいのなら
まず
自分を探さなきゃ

手

触れる　繋ぐ
振り払う　ひっぱたく
拭う　撫でる
摑む
あなたの腕と、幸せ

カウントダウン

きっと　何か　大きなことに
一秒ずつ　近づいてる

あなたとはじめて出会う日に
きっと
一秒ずつ近づいている

防御＝破壊

自然の厳しい　怖さから
人間の創り出した
疑わしい　恐さで
身を守る

残された世界

彼がいない　初めての朝ですら
何も　変わらない

もう聞くことのない
今日のあたしの笑い声
もう見ることのない
カレンダーの今日の日づけ
もう胸を痛めることのない
悲惨なニュース
もう触れることのない

あたしの頬、髪、指、腕
彼を知る人にとってだけ
残された世界

時間

あなたにとって
ぜいたくな時間って
どんな時間ですか?

あとで考えて
「ムダ」だと思える時間があれば

その時が
一番　贅沢な時間かもしれません

本音

自分が可愛いと
哀れみよりも
安心が
先に心に表われる

チカラ

あなたたち　無しでは
生きていけないあたしたちと
あたしたち　無しでも
咲いていられる　あなたたちでは

言葉では　表わせない
「チカラ」が違う

あたしの成分

ただ　なんとなくを
何年か重ねて
今を作ってしまった

欲張り

あたしが　今　一番欲しいモノは
少し
贅沢な　気もち

似而非者

頭では
可能なことも
意外とできなかったりする
そんな時は
「くやしい」と思う?
「やっぱり」と思う?

オーバーワーク

心の中では　認められるのに
目の前のモノが
認められない

関係

弱い自分をみせることは
自分自身をみせること

そしてそれが
結局一番強いコト

convey

どんなに
みじかい文でも
ながい文でも
気持ちが伝えられたら
すごい

「そして　あたしも同じ」

光がなければ
海も
ただの　空き地

アイ

愛とは
見返りを求めないモノ
嫉妬は
愛からはうまれない

受信可能地域

あたしの言葉は
あなたに届くまで
何光年？

これで全部?

あたしは、あたしの事を
どのくらい理解してる?
ほとんどわかってない気がするけれど
性格占い　などを見て
当たっているとか　いないとか
思うってことは
けっこう　自分の事
理解してるのかな?
それとも、深く知ろうとしてないだけ?

理由

生まれてくることに
理由はなくても
死んでいくことには
理由がある気がする

著者プロフィール
荒津 利美（あらつ としみ）
1976年5月2日、福岡県生まれ
京都女子大学文学部教育学科卒
（初等教育学専攻）

証拠

2002年1月15日　初版第1刷発行

著　者　荒津 利美
発行者　瓜谷 綱延
発行所　株式会社文芸社
〒112-0004　東京都文京区後楽2-23-12
電話　03-3814-1177（代表）
03-3814-2455（営業）
振替　00190-8-728265
印刷所　株式会社平河工業社

ISBN4-8355-3102-7 C0092